AF168293

Ja Saf

Der Geschmack der Frauen

Betty

Herstellung und Verlag:
BoD - Books on Demand, Norderstedt
ISBN 978-3-7386-5137-9

Unbefriedigt

Vögelgezwitscher

—

Was Frau wie Mann will und dafür bekommt

7. März 2011

Betty 10:49

Hallo Joe, hast du nur Lust zum chatten?? Ehrlich gesagt, weiß ich gar nicht wie man sich da reinschaltet. Falls du Zeit hast, klick mich an!!!

Joe 11:07

Hallo Betty, im Moment habe ich keine Zeit, darum wünsche ich Dir für heute einen sonnigen Tag

Betty 11:08

Hallo Joe, nun bin ich auch weg. Ich danke dir und wünsche dir das Selbe!!!!

9. März 2011

Betty 09:36

Guten Morgen Joe, hat dich meine Anfrage in die Flucht geschlagen, wenn ja tut es mir leid. Ich bin ein sehr direkter Mensch, das stößt oft auf Missverständnisse!! Vielleicht liest man sich irgendwann wieder!!! Lieben Gruß Betty

Joe 11:08

Guten Morgen Betty, ich mag es, wenn Du direkt bist. Ich bin es auch. Was deine Anfrage betrifft, darüber können wir gern reden. Aber nicht hier, sondern am besten im direkten Gespräch, bei einer Tasse Kaffee. Was denkst Du ? Wir könnten uns z.B. auf dem Marktplatz treffen. Bis bald Joe

Betty 13:11

Woom, das saß...So schnell habe ich nun eine
Kaffeeeinladung mit Treffpunkt auf dem Markt...naja, da ist
es momentan sehr leer. Wie hast du denn Zeit?? Gruß Betty

10. März 2011

Betty 09:44

Guten Morgen Joe, deine Kaffee Einladung würde ich gerne
annehmen, sag mir nur, wann du Zeit hast. In der Regel
arbeite ich bis 14:00 Uhr. Ich habe aber liebe Kollegen, die
auch mal den Dienst mit mir tauschen und somit wäre ich
auch schon mal zwei Stunden früher frei... Ich würde mich
freuen, von dir zu lesen!!! Liebe Grüße Betty

Joe 10:37

Hallo Betty, wie wäre es dann morgen (Freitag) 14.30(12.30
wenn Deine Kollegen so nett sind) Uhr ? Sei lieb gegrüßt Joe

Betty 12:06

Hallo Joe, morgen bin ich schon um 13:00 Uhr verabredet -
mit meiner ehemaligen Chefin - auch dort. Auf zwei
Hochzeiten kann man ja bekanntlich nicht tanzen - wobei ich
dass hin und wieder gerne tun würde...

Betty 12:09

Ich war diese Woche noch krankgeschrieben, hätte klappen
können. Also nächste Woche. Da ist aber leider meine 15:00
Uhr Woche. Montag wäre es evtl. möglich!! Liebe Grüße
Betty

Joe 15:38

Montag ist Klasse. 15.30 ?

Joe 15:39

Auf zwei Hochzeiten tanzen? Spannend.

Betty 16:04

Ich werde mit der Straßenbahn kommen, könnte also 15:45 Uhr werden...

Betty 16:05

Auf zwei Hochzeiten tanzen: das Leben ist schön und es gibt viel zu erleben, manchmal zu viel, da überschneiden sich dann die Ereignisse. Man muss sich dann entscheiden. Und das wiederum finde ich hin und wieder schwierig.

Joe 16:08

Also Mo 15.45 auf dem Markt. Notiert.

Betty 16:09

Okay....bin aber "nur" eine kleine Angestellte, vergiss dass nicht!!!

Joe 16:10

...die Freude an der Schönheit des Lebens hat und sicher auch genießen kann

Betty 16:12

Ganz sicher....werden wir uns erkennen???

Joe 16:14

bestimmt...zur Sicherheit könntest du mich aber dann auch anklingeln

Betty 16:16

Anklingeln??? Könnte ich, wenn du mir deine Nummer gibst!

Joe 16:16

0123 4567890

Betty 16:17

Okay - Dankeschön, habe ich notiert...

Joe 16:19

aber ich denke wir werden uns erkennen

Betty 16:20

Mein Profilfoto ist schon vier Jahre alt...aber in meinem Album sind die Fotos ziemlich aktuell..

Betty 16:21

Du hast schon mal nachgesehen - stimmt`s??

Joe 16:22

kann nur dieses eine Foto entdecken

Betty 16:22

Oh, es sind doch noch vier andere da?? Muss ich die für dich frei schalten??

Joe 16:23

bestimmt

Betty 16:24

Aber zu einem der Foto`s hat jemand ein Kommentar abgegeben, der hat es also gesehen...

Betty 16:26

Schick mir deine E - Mailadresse, wenn du möchtest, dann schicke ich dir die Fotos zu!

Joe 16:28

123456789@hotmail.com

Betty 16:29

Also interessieren dich die Fotos...grins!!???

Joe 16:29

ja klar doch

Joe 16:30

live interessierst du mich aber mehr

Betty 16:31

das freut mich...

Joe 16:32

ich bin also ganz gespannt auf Montag

Betty 16:34

Ich auch, obwohl ich etwas aufgeregt bin...auf der Suche bin ich nicht wirklich. Ich kann mich erinnern, dass dies auch in deinem Profil steht. Ich bin einfach gespannt, was das Leben noch zu bieten hat.

Joe 16:35

so ist auch meine Einstellung

Betty 16:36

Okay...super, dann kann ja nichts schief gehen.

Betty 16:37

Ich versuche gerade Fotos zu verschicken, ich stelle mich sehr doof an, aber ich bekomme dass hin...

Joe 16:37

prima

Joe 16:40

geht ja vielleicht auch per sms

Betty 16:41

Nee, per e-mail...ich bin eine Chaotin, deshalb dauert alles etwas länger..

Joe 16:41

ok...aber eine ganz süße

Betty 16:42

Oh, danke...

Joe 16:44

ich könnte ja meine rote Jacke anziehen...als Erkennungszeichen

Betty 16:45

Okay, wäre sehr gut...meine ist Beerenfarben...

Betty 16:46

Ja, ich glaube es hat funktioniert...schau mal in dein
Postfach...es ist das aktuellste Foto überhaupt - vom Sonntag,
da hatte ich Geburtstag..

Joe 16:50

Alles Gute noch nachträglich....I love Milka

Betty 16:51

Stimmt...die hat mir meine Tochter geschenkt. Und wirst du
dich immer noch mit mir treffen???

Joe 16:53

wirklich gut platziert auf deiner roten "Spielwiese"

Betty 16:54

Das ist unser Kuschelsofa....Platz für allerhand... :">

Joe 16:56

Rosen und Schokolade...ich liebe es

Betty 16:57

Wie steht es mit Rotwein???

Joe 17:08

den bringe ich dann für uns mit...nach unserem treffen am
Markt...wenn du magst

Betty 17:09

Rotwein immer, aber nicht am Montag, hab doch zwei Kinder, die ich dann von der Schule abholen muss. Zum Rotwein verabreden wir uns am Abend.

Joe 17:10

genau so

Joe 17:11

Rotwein auf dem Kuschelsofa...spannend

Betty 17:13

Lach ... wer hat dass denn gesagt - der Wunsch ist der Vater des Gedankens...aber Rotwein macht sich gut auf dem Sofa...

Joe 17:16

hast du zwei Töchter oder noch einen Sohn ?

Betty 17:17

Ich habe drei Kinder. Moritz 14, Lena 12 und Bastian 10 Jahre alt. Moritz ist vor einem Jahr zu seinem Papa zurück gegangen...er verzeiht mir die Trennung nicht!!!

Joe 17:19

na dann können wir ja auch ganz prima mal zu viert Mensch ärgere dich nicht spielen

Betty 17:20

Wäre möglich....aber soweit sind wir noch lange nicht!!!!

Joe 17:23

wenn du das möchtest

Betty 17:24

Sehen wir uns erst mal am Montag - vielleicht trifft uns der Realität

Betty 17:24

Realitätsschock...sollte es heißen..

Joe 17:25

ja schaun wir mal

Betty 17:26

...genau...bin jetzt weg...bis bald oder spätestens bis Montag!!!!

Joe 17:26

ok...bis dann

11. März 2011

Betty 08:05

Guten Morgen Joe, ich habe doch tatsächlich von deiner roten Jacke geträumt. ich wünsche dir einen guten Tag. LG Betty

Betty 08:18

Hallo Joe, schau mal in meinem Album nach, ob du die Fotos jetzt sehen kannst. Ich musste tatsächlich einstellen, dass sie jeder sehen darf. Wusste ich nicht. Gruß

Betty 11:08

Hi, hast du malnachgesehen?

Joe 11:17

Guten Morgen, ich wünsche Dir auch einen schönen Tag.

Joe 11:18

Ich habe auch von Dir und dem roten Sofa geträumt

Joe 11:20

Ich sehe weiterhin ein Foto, macht nichts, aber die anderen sehe ich nicht.

Betty 11:21

Hm, verstehe ich nicht...ich schau noch mal...grummel...ich habe auch schon nachgefragt, aber geantwortet hat noch keiner...

Joe 11:22

Ich muss los...wir sehen uns

Betty 11:23

Okay...bis dann!

Betty 11:27

Ich habe gerade dein Homepage gefunden...du bist vielbeschäftigt....alter Schwede. Hast du überhaupt noch ein Privatleben???

Betty 11:34

Bist du sehr religiös???

Joe 13:44

Ich glaube, jeder Mensch hat seine ganz persönliche Antenne zum Göttlichen. Ich versuche christlich zu leben. Was mein Privatleben betrifft, möchte ich auch meine eigene Seelenpflege nicht vergessen. Ich gehe tanzen, singen, schreibe und pflege persönliche Kontakte und ich freue mich darauf Dich näher kennenzulernen.

Betty 18:00

Ich mich auch!!!!

13. März 2011

Joe 00:12

Gute Nacht Betty

Betty 00:14

Gute Nacht, dir auch....schön, dass du noch mal online warst!!!

Mail verschickt: Mo., 14. Mrz. 2011, 7:14

Thema: Lebenszeichen aus der realen Welt - fast zumindest...

Hallo Guten Morgen Joe,

mein Name ist Betty und wir kennen uns über die Plattform „XX-Date". Und wir haben heute eine Verabredung, die leider nicht stattfindet...

Gestern habe ich mein Profil aus Gründen, die ich hier nicht weiter auslegen möchte, gelöscht. Diese Gründe allerdings, hielten mich vom Schlafen ab. Dementsprechend sehe ich auch aus und es wäre schade, wenn unser erstes Treffen darunter leidet, weil ich mich nicht wohlfühle. Das mag lächerlich für dich klingen, aber für eine Frau ist das Aussehen wichtig und ich bin eine Frau.

Am Wochenende sind meine Kinder bei ihrem Papa d.h. wenn du Zeit und Lust hast mich trotzdem zu treffen, würde ich mich freuen, wenn es klappt – auf dem Marktplatz.

Meine Telefonnummer steht unten in der Fußzeile – ruf mich an!

mit lieben Grüßen

Betty

Tel: 1111- 223344

Re-Mail verschickt: Mo., 14. Mrz. 2011, 9:15

Hallo Betty,

danke für Deine Zeilen und die damit verbundenen Informationen.

Schön dass Du eine Frau bist, die für sich sorgt.

Ich freu mich darauf, Dir zu begegnen. Damit dies gelingt, werde ich Dich heute Abend anrufen.

Bis dahin grüße ich Dich lieb.

Joe

14. März 2011

Betty 20.27

Dies ist ein Test :-) lg Betty

Joe 20.27

Bis Freitag. Gute Nacht. LG Joe

Betty 20.28

Dankeschön dir auch :-)

16. März 2011

Betty 06.41

Hallo Joe, Freitag ist es mir um diese Zeit nach Wein und nicht nach Kaffee. Kennst du dich aus in der Innenstadt? Ich nicht wirklich. LG Betty

Joe 09.26

Eine gute Idee. Ich denke wir werden ein gemütliches Plätzchen finden.

Mail verschickt: Do., 17. Mrz. 2011, 18:37

Thema: …um 18:00 Uhr, bleibt es dabei???

Hallo Joe,

für morgen, sieht bei mir alles sehr gut aus.

Ich war heute mit dem Fahrrad unterwegs – irgendwann muss Frau ja mal mit dem Fitnessaufbau beginnen – und habe meinen Geldbeutel aus der Tasche heraus verloren. Ich bemerkte es nicht einmal. Als ich schon auf der Arbeit war, bekam ich einen Anruf und eine Frau berichtet von meinem Geldbeutel, der sich nun in ihrer Obhut befand. Überglücklich habe ich ihn gerade wieder in meinen Besitz gebracht...ganz schön aufregend. Nass bin ich auch geworden, dadurch waren meine Haare gelockt...lach!!!!!

Ich bin gespannt und aufgeregt zugleich, was unser Treffen morgen angeht...ich wünsche dir einen schönen Abend und morgen einen guten Trag!!

Liebe Grüße

Betty

Re-Mail verschickt: Do., 17. Mrz. 2011, 19.06

..bis morgen Abend. Ich freu mich.

Liebe Grüße Joe

18. März 2011

Betty 17.44

Trägst du deine rote Jacke ;-)

...

Joe 23.05

Bin gerade zuhause eingetroffen. Danke noch mal für den schönen Abend mit Dir. Gute Nacht und bis morgen auf der Messe.

19. März 2011

Betty 14.00

Hallo, wo bist du denn? Wir sind bei den Kinderbüchern!

Joe 14.01

Ich sitze noch in der Bahn und bin 14.30 da. Werde dann Haus 3 D200 besuchen.

Joe 15.01

Ich bin jetzt da vor Ort.

Betty 15.50

Ich kann dich nicht finden :-(d 3 gibt es nicht

...

20. März 2011

Betty 11.52

Guten morgen Joe, hast du Lust auf einem Spaziergang in deiner Ecke?

Joe 11.53

Gute Idee. Bin noch zum Essen. Wie wäre es ab 14 Uhr? Könnten uns an der Haltestelle treffen.

Betty 11.53

:-D

Betty 14.14

Bin schon da ;-)

...

Betty 17.50

Hallo Joe, dein unrasiertes Gesicht hat mir sehr gut gefallen.
Lg Betty

Joe 18.09

Danke. Hat seinen besonderen Reiz gerade auch beim Küssen.
Wie Du schon gesagt hast, schade das wir gestern die
Gelegenheit dafür nicht genutzt haben. Andererseits war ich
da ja auch noch rasiert.

Betty 18.10

Na dann bleib unrasiert, wenn wir uns wiedersehen. Hat der
Muffin geschmeckt? LG

Joe 18.10

Ja. Lecker schokoladig. Hab ihn schon auf dem Heimweg
vernascht.

21.März 2011

Betty 06.24

Hallo Joe, alles Gute für deinen Test- halt die Ohren steif :-*

Joe 14.25

Danke Betty, ich denke ich habe ihn gut gemeistert.

Betty 22.02

Was ist für dich Glück?

Joe 22.16

Der Augenblick, wo ich meinem Gegenüber auf der gleichen Wellenlänge begegnet bin.

Betty 23.19

Glück wäre für mich jetzt, schlafen zu können: die Angst nicht schlafen zu können, hält mich wach!

Joe 23.42

Gerne würde ich Deine Angst vertreiben.

Betty 23.43

Tja, wenn ich wüsste wie, dann würde ich es dir sagen.

Joe 23.43

Lass uns telefonieren. Vielleicht kannst Du ja dann besser schlafen.

22. März 2011

Betty 06.09

Guten morgen Joe, danke für deine nächtliche Anteilnahme. Ich schicke dir liebe Grüße für einem schönen Tag. LG Betty

23. März 2011

Betty 17.42

Hallo Joe, lebst du noch? Wie sieht es denn morgen aus, noch Lust auf ein Date? LG Betty

Joe 17.43

Wir könnten am Nachmittag einen Kaffee trinken gehen oder ein Eis essen. 15 Uhr ?

Betty 18.38

Am Markt? :-)

Joe 18.38

Ja

24. März 2011

...

Joe 19.25

Es war schön, Dich zu spüren.

25. März 2011

Betty 07.41

Guten morgen, wichtige email für dich:$ LG Betty

Mail verschickt am 25.Mrz. 2011 um 07:32:

...etwas zu schreiben oder zu sagen oder wie auch immer.

 Hallo Joe,

auch wenn ich Sympathiepunkte bei dir verliere, werde ich dir noch etwas von mir erzählen/schreiben müssen.

Ein Grund (so denke ich heute) für die Trennung von Tom, war wohl auch, dass ich Sex mit anderen Männern wollte. Das habe ich dann auch gemacht. Es waren einige und ich muss dir sagen, dass es immer gleich ablief.

Kennenlernen, rumknutschen, drauf und fertig.....ich ging übrigens immer „leer" aus d.h. die Männer hatten einen Orgasmus oder zwei, aber ich nicht. Ein Mann kam schon nach etwa drei Minuten, da kam ich erst in Fahrt – ich fragte ihn ob er denkt, dass ich auch einen Höhepunkt hatte – Original Zitat: „Nein wieso, keine Ahnung????!!!!" Ihn warf ich nach seinem Hammerorgasmus raus und wollte ihn nie mehr sehen...sorry – aber das ist ein Thema, das mich sehr belastet...ICH MÖCHTE BEIM SEX EBENFALLS BEFRIEDIGUNG ERFAHREN!!!!!!

Das schlimmste, was ich zu ließ, dass man mir antat, war, dass ich zweimal innerhalb eines Jahres schwanger wurde und beide Male eine Fehlgeburt erlitt. Die letzte Fehlgeburt liegt etwa vier Wochen zurück....das war der Grund warum ich solange krankgeschrieben war. Beide male trennte ich mich vom Vater des Kindes, weil sie, obwohl schon erwachsen, sich wie kleine Jungs benahmen. Beide wollten

Sex ohne Verhütung und ich werde schnell schwanger, das weiß ich nun.

Was ich auch weiß, ist die Tatsache, dass ich mich nie mehr auf einen Mann einlasse, der nur an seine Befriedigung denkt und nicht weiß, ob ich einen Höhepunkt hatte. Ich hatte mal sehr viel Spaß beim Sex, aber zweimal eine Kind zu verlieren, zu leiden wie ein Hund und im Grunde alleine da zu stehen und nichts davon gehabt (vom Sex) zu haben, ist sehr hart. NIEMEHR verstehst du????

Bei mir dauert es etwas länger, bis ich komme und meine Finger müssen nachhelfen. Und von meinen Sexpartner erwarte ich Einfühlungsvermögen und Geduld....nicht Stunden, aber 30 Minuten sollten wir uns schon nehmen....oh Gott, das schrieb ich noch nie...

Ich hatte gestern Kondome eingepackt (ich dachte mir, dass es passieren könnte, denn ich wollte es sehr gerne) aber ich konnte mich dir nicht hingeben, weil ich nicht weiß, wie du tickst...ich war blockiert und fühlte fast nichts, und das erschreckte mich, denn das kenne ich nicht von mir.

So, nun weißt du, was ich in diesem Bereich von dir erwarte!! Ich weiß nicht wie du diese Mail annimmst, aber ich denke und hoffe, dass du Verständnis hast und wir einen Weg finden unsere Leidenschaft aus zu leben.

Mein erstes Gefühl gestern war Rückzug, aber das hast du nicht verdient, denn du bist ein ganz lieber Mann und ich hatte das Gefühl dir das alles zu schreiben.

Noch eine Bitte, warte nicht so lange mit der Antwort, denn es ist mir sehr schwer gefallen dies alles zu schreiben und ich bin gespannt auf deine Reaktion – und hoffe, das du dich nun deinerseits nicht zurück ziehst.

Ich schicke dir liebe Grüße

Betty

Re-Mail verschickt am 25.Mrz. 2011 um 08.55

Hallo Betty,

ich finde es toll, dass Du so offen über Deine sexuelle Lust und Dein Verlangen nach Befriedigung schreibst. Die wenigsten machen oder können das. Ich habe gleich gespürt, welche Leidenschaft in Dir brennt. Lass sie raus. Ich steh drauf, sich total und ungehemmt gehen zu lassen, auch wenn das nicht immer gelingt.

Ich finde es interessant, wie sich das so fügt, da es für mich immer wichtig war, dass Frau ihren Orgasmus bekommt, egal ob es etwas dauert.

Das meinte ich auch, als ich von Glück sprach: Eine Frau, die vor Erregung stöhnt und zittert, weil sie kurz vorm Explodieren ist. Da passiert was zwischen zwei Menschen. Um es auf den Punkt zu bringen. Ich bin erst wirklich glücklich, wenn die Frau ihren Orgasmus hatte. Vorher möchte ich gar nicht abspritzen.

Also sei unbesorgt. Wir werden viel Spaß und sexuelle Erfüllung haben(auch mit Kondom).

Ich freu mich auf Dich. Bis bald.

Joe

Joe 08.58

Email für Dich.

Betty 08.59

Dankeschön :-D

26. März 2011

Joe 08.21

Guten Morgen Betty. Ich wünsche Dir einen schönen Tag.

Betty 08.22

Lustig, hab auch grad an dich gedacht. Dankeschön- wünsch ich dir auch.

LG Betty

Betty 15.48

Seit deiner email gestern, denke ich unentwegt an Sex mit dir. ... grrr!

Joe 16.28

Mir geht es genauso...geiles Gefühl

Was können wir dafür tun ?

Betty 16.29

Momentan leider nichts :-(hab die Kinder übers Wochenende :-S

Joe 16.47

Ich weiß...zu gern würde ich heute Nacht leise zu Dir ins Bett kommen...doch ob wir dann leise bleiben können...garantieren kann ich's nicht.

Betty 18.46

Garantieren kann ich das auch nicht... Habe aber auch meine Tage also passt doch alles;-)

Joe 18.47

Oh meine Nachbarn sind da z b sehr Geräuschempfindlich, was mich aber noch nie gestört hat... im roten Meer zu baden, soll ja im Moment auch nicht ganz ungefährlich sein...

Betty 19.01

Unsere Zeit wird kommen und dann werden wir "kommen" :-P

Joe 19.01

Hammer...Geil

27. März 2011

Betty 14.41

Was ein Glück, das du unkeusch sein kannst...ich konnte es gerade nicht mehr aushalten und habe es mir selbstgemacht:$ und mir vorgestellt, du hättest deine Finger mit im Spiel. LG

Joe 14.43

Du geiles Luder Du, da wird mein Schwanz gleich ganz hart und möchte tief in Dich eindringen...mit den Gedanken an Dich habe ich gestern Abend auch schön abgespritzt und konnte einfach nicht von mir lassen.

Betty 14.45

Was machst du- und du sagst Schwanz, wie geil ist dass denn...und ich hätte ihn gerne tief in mir drin einen harten Schwanz,. ich könnte schon wieder :-P

Na hoffentlich stehst du auf mollige wie mich...

Joe 15.06

Ich denke der Allmächtige hat uns Lust und Leidenschaft geschenkt, um diese auch zu leben...ich mag es wenn Frau verrucht und ohne Hemmungen dies auslebt...ich möchte auch gern was zum anfassen haben und nicht unbedingt ein Hungerrippchen ohne weibliche Rundungen.

Betty 15.07

Na dann, fass mich an und du kannst fast alles mit mir machen, nur nicht in meinem Mund kommen, denn davon muss ich mich übergeben...und klar gab uns der Schöpfer diese göttliche Leidenschaft- was ein Glück, sonst würde ich als Hexe auf dem Scheiterhaufen enden ;-)

Betty 17.55

Hey Joe, alles okay?

Joe 18.33

Ja klar doch. Bin gerade noch zum Tango-Café

Betty 18.34

Neidisch kuck ;-) viel Spaß!

Joe 18.35

Ja danke muss dabei ständig an dich denken...

Betty 18.47

Okay, das ist gut ;-) nächstes Wochenende habe ich frei- ich lad dich ein zu mir zu kommen, um zu "KOMMEN":-*

Joe 20.20

Ich kann es jetzt schon kaum noch erwarten, Dich kommen zu lassen und zu kommen.

Betty 21.35

Magst du Oralsex? Bin schon dreimal gekommen und immer noch bin ich erregt :-P

Joe 2136

Ich steh unheimlich drauf, ich mag es Dich mit meiner Zunge und mit meinen Lippen zu befriedigen.

Joe 22.01

Soll ich dich anrufen ?

Betty 22.01

Ja klar, wenn dir danach ist ;-)

29. März 2011

Betty 07.49

Hallo Joe,1000 liebe Grüße Betty

Joe 08.02

Danke Dir.

30. März 2011

Betty 11.43

Hallo Joe, meine Tochter ist krank und somit sehe ich unser Treffen schwinden :-(Gruß Betty

Joe 12.41

Da wünsche ich ihr aber gute Besserung LG Joe

...

Betty 23.10

Hey Baby, wenn du Interesse an mir hast, solltest du am Ball bleiben...ich lese gerade die Feuchtgebiete Boa, sehr grenzwertig :-P lg Betty

Joe 23.37

Bist du noch am lesen?

Betty 23.37

Ne, schlafe schon fast. Schlaf gut, .:-)

31. März 2011

Joe 15.31

Hallo Suesse wie geht's Dir, wie Deiner Tochter? Was macht die Lektüre des Buches mit Dir? Macht es Dich an ? Wirst Du feucht dabei?

Betty 15.51

Feucht bin ich auch ohne Buch. -grrr!

Lena geht es heute besser. Danke der Nachfrage :-)

Joe 15.51

Wie gerne würde ich Deine feuchte Spalte jetzt mit meiner Zunge verwöhnen..

Betty 16.12

mmmhhh....leckst du spitz oder flach...du weißt, was ich meine?

Joe 16.13

Ich lecke zunächst erst mal möglichst großräumig Deine Lippen , bevor ich genüsslich weiter ins Innere vordringe und zwischendurch auch immer wieder Deinen Kitzler umkreise...meine Finger stimulieren gleichzeitig Deinen G-Punkt und auch Deinen Anus, wenn Du darauf stehst.

Betty 17.13

Okay, hört sich gut an :-P dann können wir uns ja freuen. ....

Betty 23.08

Sie tupft sich Muschischleim hinter die Ohren :-S als Parfum.

01. April 2011

Betty 08.50

Guten morgen Joe, heute Abend gegen 20:00 Uhr, wäre das okay? Morgen habe ich dann bis Nachmittags Zeit. LG Betty

Joe 08.52

Guten Morgen. Ich freu mich. Bis heute Abend. LG Joe

Betty 08.53

Bringst du bitte eine Flasche Rotwein mit ;-)

Joe 08.55

Ja klar mach ich.

Joe 16.40

Die Spannung steigt...Rotwein und Schokolade besorgt...jetzt noch Kondome einpacken...ein bis zwei Jogurt essen und nicht rasieren...wo war doch gleich mein sexy Slip ?

Betty 17.36

Kondome habe ich. ...Schokolade und Rotwein- der Hammer: -* bis nachher :-)

Betty 17.51

Hast du nachher Hunger oder hast du dann schon gegessen. Wir haben nicht gut organisiert!?

Joe 17.55

Ich werde jetzt noch eine Kleinigkeit essen...Appetit auf Dich habe ich schon sehr...und was essen sollten wir zwischendurch dann vielleicht auch mal...

Betty 17.57

Hab jetzt ein bisschen was für zwischendurch....:-P

Joe 17.58

Super

02. April 2011

...XX...XX...XX...

Betty 23.36

Na, wie geht es dir? Die Erinnerung an unser Zusammensein macht mich heiß....Betty

Joe 23.37

Oh ja mich auch. Ich freu mich schon auf ein nächstes Mal. Ich ruhe mich gerade aus und schwelge in den Erinnerungen.

03. April 2011

Betty 11.20

Glück ist zufrieden zu sein mit einem schönen Wochenende. Daran hast auch du Anteil....

04. April 2011

Joe 08.25

Ein heißes Wochenende ist vorüber und nun hat mich der Alltag wieder...ich wünsche Dir einen schönen Tag

Betty 12.35

Hallo Joe, danke mein Lieber, das wünsche ich dir auch. Ich muss immer wieder an unser nächstes Treffen denken, das ich kaum erwarten kann ;-) LG Betty

05. April 2011

Betty 08.15

Hallo Joe, ich möchte Sex mit dir:$ an liebsten sofort! Liebe Grüße Betty

Joe 08.17

Na dann komm. Ich bin gerade nackt aus der Dusche und am Kaffee kochen. Mein Rohr ist bei deiner sms gleich aufgestanden und jetzt ganz hart angeschwollen.

Betty 08.31

Ich muss mal einem Anruf abwarten, der ist dafür entscheidend ob ich tatsächlich komme.... der Gedanke an dein hartes Rohr macht mich total geil :-P

Joe 08.35

Oh ja besteig es. Schieb es Dir rein...jederzeit

Betty 08.45

Ich muss leider früher los und habe heute Spätdienst, ich werde dich besteigen ganz sicher. Wenn ich in deiner Nähe bin, darf ich dann spontan klingeln- und wenn du dann da bist.....:-*?!

Joe 09.05

Ja das finde ich ist ein geiler Vorschlag.

Joe 20.57

Hast Du morgen auch Spätschicht? Kannst mich ja wecken...

Betty 20.59

Sehr gerne würde ich dich wecken und mir dein Rohr (Die Bezeichnung ist geil) einverleiben, hab aber Frühdienst :-(Do 13:30 könnte ich bei dir sein ;-)

Joe 21.15

Passt, da haben wir gut 2h Zeit...zum Rohr verlegen.

Betty 21.16

2 Stunden zum Rohr verlegen müssen auch reichen, hab eine Verabredung mit meiner Freundin ;-) oh Gott- bin jetzt schon scharf auf dein Rohr :-P

Joe 21.17

Kann's auch kaum aushalten...wirst Du ihr von unseren
Fickfreuden erzählen? Machen Freundinnen das?

Betty 21.30

Ich habe ihr von dir erzählt ;-) aber ich gehe nie ins Detail- ihr
geht es aber nicht gut- ich sorge mich um sie

Joe 21.32

Nun ich gebe ich Dir gerne Tipps für sie mit

Betty 21.33

Genau, wie man Rohre verlegt....grins. Ich bin kurz vor dem
Eisprung und bin rattenscharf :-P

Joe 21.34

Ich ruf dich an ok?

Betty 21.35

Ja

08.April 2011

...XX...XX...XX...

Joe 13.28

Mein Rohr noch glüht , steif steht mein Schwanz, ich freu
mich auf den nächsten Tanz.

Joe 22.57

Gute Nacht und schlaf gut.

09. April 2011

Betty 20.42

Die Muschi glüht, es schwillt die Klit :-P ich freu mich auf den nächsten Ritt :-*

Joe 20.44

Der Montag kommt, wir werden ficken, einander Leib und Seel beglücken.

10.April 2011

Betty 13.27

Bin ganz in deiner Nähe- aber mit 4 Kids...kommst du morgen zu mir oder ich zu dir?

Joe 13.29

Bin am Eis essen auf dem Markt. Kann morgen gleich zu Dir kommen (gegen 12.30).

Betty 16.36

Bist du ein guter Schwimmer- schwimmst auch durchs rote Meer???

Joe 16.53

Je feuchter umso schöner. Ein Problem hab ich damit nicht und schön ist es dann ohne Kondom kommen zu können. Außerdem könnte ich Dich ja auch so richtig schön in den Arsch ficken, so wie Du es Dir bereits von mir gewünscht hast.

Betty 17.30

Beim lesen deiner sms werde ich richtig geil, aber ich werde es mir nicht selbst machen- so habe ich morgen mehr von uns. Ich freue mich auf deinen Schwanz.

11. April 2011

Betty 08.43

Ich bin so erregt- kann dich nicht schnell genug hier haben- mit deinem harten Rohr..

Joe 08.45

Ich werde so schnell wie möglich da sein.

...XX...XX...XX...

Betty 18.36

Es tropft der Saft, die Klit ist wund und es waren herrliche Stund' (en) danke- ich hatte tolle Orgasmen. ...

Joe 19.48

Ich auch. Danke.

13. April 2011

Joe 14.01

Ich wünsche Dir einen schönen Tag.

14. April 2011

Betty 19.17

Hallo Joe, bin grad nachhause gekommen. ich werde es also nicht schaffen zu deiner Veranstaltung zu kommen. ich wünsche dir viel Erfolg :-*

Joe 22.32

Danke Dir. Alles ist sehr zufriedenstellend gelaufen. Ich hatte aufmerksame und interessierte Zuhörer. Ich bin geschafft und glücklich .

15. April 2011

Betty 00.22

Hey Joe, wie geht es deinem Penis. Hast du eine Entzündung? Mir geht es nicht so gut. lg Betty

Joe 00.25

Bist du entzündet ? Bei mir ist alles ok. Gute Besserung. Ich drücke Dich. Liebe Grüße Joe

Betty 06.43

Guten morgen, ja es ist alles entzündet. Es wurde in Laufe der Woche immer mehr. vielleicht sollte ich dem Sex entsagen :-S freut mich, dass gestern alles gut lief. Lg Betty

17. April 2011

Betty 16.09

Hallo Joe, ich hoffe das du deinen AB abgehört hast und nicht sauer bist....1000 liebe Grüße für dich... Betty

Joe 16.12

Ja habe ich. Sauer bin ich nicht. Wir telefonieren dann heute Abend. Liebe Grüße schickt Dir Joe

Joe 20.21

Bist Du schon Zuhause?

Betty 20.22

Nein, bin noch unterwegs....ich ruf dich an!

Joe 20.22

Ok

18. April 2011

Joe 08.21

Ich bin so geil. Am liebsten würde ich Dich jetzt ficken.

Betty 08.22

Mir geht es genauso bin grad dabei..

Joe 08.23

Ja besorg es Dir.. wow ist mein Schwanz hart

Betty 08.23

Ich hätte gerne ein hartes Rohr in meiner geilen Muschi..

Joe 08.30

Ich halte es nicht aus...das Sperma will jetzt raus...

Betty 08.30

Komm- ich kam grade, es war total geil... hol dir den Saft raus...

Joe 08.31

Ja ich wichs ihn jetzt bis der Saft spritzt.. Ist das geil

Betty 08.35

Befriedigt fahre ich nun zur arbeit....ich schicke dir liebe Dankesgrüße

Joe 08.39

Danke ich dir auch...

Wohin nur mit dem vielen Sperma???

Hinter die Ohrläppchen ???

Betty 23.04

Wohin hast du den Liebessaft ge. ...:-P

19. April 2011

Joe 09.07

Der heiße Saft ist über meine Hand gelaufen, bevor ich ihn auf meiner Haut verteilt habe...etwas auch an Hals und Ohren...prickelnd mit diesem Wissen unter Menschen zu gehen...ob mein gegenüber diesen Duft wohl riechen kann?

20.April 2011

Betty 06.32

Ich würde jetzt gerne mit dir Rad fahren;-) ;-) lieben Gruß von mir;-)

21. April 2011

Joe 06.45

Ob ich mein Rad schon mal raus hole und putze ? LG

Betty 07.01

Frauen die geil sind, fahren auch schon mal ohne Sattel:-P

22. April 2011

Joe 07.08

Männer die geil sind mögen das auch...

23. April 2011

Joe 10.02

Frohe Ostern und einen sonnigen Tag für Dich.

Joe 15.05

Bin gerade mal dabei eine "schöne " Radtour für uns auszukundschaften

Betty 15.06

Sehr gut, mit lauschigen Ecken;-) schöne Osterzeit für dich:-)

Joe 15.07

Oh ja...da bin ich bereits fündig geworden

25. April 2011

Betty 11.17

Guten Morgen, na, bist du fündig geworden;-)

Joe 11.19

Ja.. wann wollen wir die Fundstelle denn testen ?

Betty 11.20

Moment hab ich keinen Plan, aber ich denke, dass ich nächstes We "frei" habe...

Joe 11.21

Sehen wir uns zuvor noch mal ich halt es kaum noch aus...

Will ständig mit Dir...

Betty 11.32

Kann ich sehr gut verstehen, ich kanns nicht ändern. Du wirst dich gedulden müssen...leider:-(

Joe 11.33

Ok Begehren ist ein schönes Gefühl

Betty 11.34

Ich wünsche dir eine schöne Zeit bis zu unserem nächsten Treffen:-*

Joe 11.34

Ich Dir auch

26. April 2011

Betty 06.48

Guten Morgen, hab schlecht geschlafen- du besser:-) ich schicke dir liebe Grüße für einen schönen Tag:-P Betty

Joe 07.00

Ich hab gut geschlafen. Guten Morgen, Betty.

28. April 2011

Joe 07.22

Die Woche zieht sich endlos hin, bis ich am Samstag in Dir bin.

Betty 18.03

Noch zweimal schlafen:-*

29. April 2011

Joe 09.22

Noch einmal schlafen...bevor ich Deine Türchen öffne
...SMS...Sex mit Betty...ein

Fick bis die Heide bebt.

Joe 16.27

Hab gerade noch einiges eingekauft, für unseren
P(F)nickkorb...eine lecker Gurke, (Massage)Öl ...ist auch
dabei...

Betty 17.34

Toller (F)Picknick Korb...wozu ist die Gurke?

Joe 17.35

Lass Dich überraschen ...Du wirst von mir in allen Deinen
Löchern ausgiebig befriedigt werden.

Betty 18.01

Jetzt werde ich aber geil und bin gespannt auf morgen,
schicke mir eine sms wenn du bereit bist –morgen :-*

Joe 18.02

Ok

Betty 22.26

Hallo Joe, ich werde das Wochenende hier für mich verbringen- weil ich nichts empfinde, wenn ich an unser Treffen denke. Sei mir bitte nicht böse...-BETTY

Joe 22.40

Hallo Betty, böse bin ich nicht, aber traurig.

Können wir telefonieren?

Betty 22.42

Ne, heute bitte nicht mehr, es ist mir sehr schwer gefallen dir das zu schreiben. Ich habe nicht den Mut zu telefonieren....:-B

Joe 22.43

Ich habe das gespürt und unser Treffen morgen sehr herbeigehofft. Wir können über alles reden. Trau Dich.

Du bist mehr für mich als nur ein Betthase mit dem ich nur Sexspielchen ausprobieren will.

Joe 23.25

Gute Nacht. Ich denke an unsere Begegnungen und träume von Dir.

30. April 2011

Joe 01.39

Verdammt, ich hätte nicht gedacht, dass ich mich noch so Scheiße fühlen kann.

Betty 08.39

Sex ganz ohne Emotionen ist nicht richtig....ich hatte so viel um die Ohren, dass ich dich phasenweise vergaß...du bist nicht präsent....

Joe 08.40

Ich wäre sehr gern präsenter, möchte meine Zahnbürste bei Dir haben, nachts an deiner Seite einschlafen, für dich da sein, immer dann wenn du mich brauchst. Auch dann wenn Abstand willst.

Dir das Gefühl geben dass ich für dich da bin

Wenn du willst ich würde gern nachher mit dir Rad fahren

Joe 11.54

Na wie ist Dein gefühltes Nähe/Distanz Verhältnis zu mir gerade ? Nimmst Du mich mit auf Tour oder fährst Du lieber allein ? Ich bin für Nähe und Du ? LG Joe

Betty 12.00

Bin in Berlin hab umdisponiert!

Joe 12.02

Ok. Dir viel Spaß.

Joe 16.34

Hast Du Lust auf einen lecker Eisbecher? Ich fahre jetzt mal auf den Markt.

Betty 20.47

Hat das Eis geschmeckt?

Joe 20.50

Ja, es war lecker. Und wie war Dein Tag in Berlin?

Joe 23.15

Gute Nacht Betty

Betty 23.20

Dir auch danke!

01. Mai 2011

Joe 08.57

Guten Morgen Betty. Ich hoffe, Du hast gut geschlafen. Dir einen sonnigen Sonntag.

Ich möchte dass Du weißt: Ich bin jederzeit für Dich da, wenn Du mich brauchst. Ich mag Dich wirklich sehr. Mein Herz schlägt schneller, immer wenn ich an Dich denke.

Betty 11.05

Joe, ich empfinde, leider nicht so wie du. sei nicht traurig, aber ich dachte das hätten wir am Anfang besprochen. Liebe Grüße

02. Mai 2011

Joe 08.34

Deine geile feuchte Muschi raubt mir den Verstand...fick mich Betty

Betty 19.51

Ich bin beim lesen deiner sms richtig geil geworden...:-P ich hatte heut kein Handy mit :-S lg Betty

Joe 20.03

Mein Schwanz ist immer für Dich bereit...nimm ihn Dir, wann immer Du willst. LG Joe

04. Mai 2011

Joe 08.16

Ich will Dein Schreien beim Orgasmus hörn und das pulsieren Deiner Muschi spürn, während ich Dir gleichzeitig in den Arsch ficke.

06. Mai 2011

Joe 09.52

SMS Sex mit Betty ?

07. Mai 2011

Joe 09.44

Guten Morgen Betty.

Betty 09.45

Danke dir auch Joe:-) habe die Kinder! Wir fahren nach Babelsberg...geht es dir gut? lg Betty

Joe 09.50

Ich hatte eine anstrengende Woche...Dir und Deinen Kindern wünsche ich viel Spaß. LG Joe

09. Mai 2011

Joe 09.23

Guten Morgen Betty, ich hab da was für Dich.

Betty 09.25

Ich mach es mir grad selbst :-P

Joe 09.26

Soll ich Dir behilflich sein? Ab 12uhr kann ich bei dir sein.

Betty 09.26

Solange kann ich nicht warten. .

Joe 09.26

Soll ich gleich zu dir kommen?

Betty 09.27

Muss doch gleich los

Joe 09.27

Ok dann besorg es dir Süße

Betty 09.51

Bin gekommen, aber wie....danke...

Joe 10.09

Für das zweite Mal wird deine pulsierende feuchte Muschi benötigt.

...damit mein Schwanz richtig hart wird und lang und fest für Dich steht...damit Du immer wieder gewaltig kommen kannst.

Betty, gefällt Dir dieser Gedanke ?

Betty 10.20

Oh mein gott- ja :-P

12. Mai 2011

Joe 07.35

Guten Morgen Betty. Hast Du Lust und Zeit morgen Nacht auf meinem Schwanz zu reiten ?

13. Mai 2011

Joe 18.34

Na wie ist's ?

Betty 22.32

Hey Joe, mir ist es überhaupt nicht mach Sex...ich kann nicht verstehen, das ich so ein "Sexding" eingegangen bin...es hat nichts mit dir zu tun...-Betty

Joe 22.35

Hallo Betty, diese Frage kannst Du Dir nur selbst beantworten.

Mir bist Du ein sehr wertvoller Mensch.

Gute Nacht Betty

20. Mai 2011

Joe 21.14

Hallo Betty, wie geht es Dir? Ich wünsche Dir einen schönen Abend. LG Joe

Betty 21.15

Hallo Joe, mir geht es nicht gut! Ich laufe am äußersten Limit...danke für die lieben Wünsche. LG Betty

Joe 21.16

Wenn Dir danach ist kannst Du mich gern anrufen. Ich bin zuhause. Manchmal hilft es zu reden, damit es leichter und besser geht.

22. Mai 2011

Betty 13.16

Wenn es mir nicht gut geht ziehe ich mich immer zurück... vielleicht sollte ich dein Angebot doch annehmen um ins Gespräch zu kommen...LG B

Joe 13.20

Ja gern. Wollen wir telefonieren oder uns lieber treffen ? Ich bin zuhause.

Betty 13.21

Heute geht es nicht. Morgen arbeite ich bis 13 Uhr!

Joe 13.23

Ja ab 13 Uhr habe ich auch Zeit. Soll ich zu Dir kommen ?

Betty 13.24

Ne, ich zu dir...dann kann ich das Ende bestimmen ;-)
DANKESCHÖN:-)

Joe 13.25

Ok. Sehen wir uns bei mir.

23. Mai 2011

Betty 01.17

Hey Joe, Lena geht es nicht gut. sie übergibt sich dauernd.
Mein Ex geht morgen früh mit ihr zum Arzt und nach meinem
Dienst bin ich dran mit der Betreuung. Sorry...vielleicht
können wir telefonieren. LG B

Joe 08.19

Ja das können wir

Joe 15.13

Wenn Du magst kannst Du anrufen. Bin momentan zuhause
erreichbar.

Joe 16.24

Hallo Betty, eine gute Möglichkeit ist auch, sich alles von der
Seele zu schreiben. Mir persönlich hat das sehr geholfen.
Wenn Du willst, kannst Du mir Deine Gedanken auch gern
wieder per Mail schicken.

24. Mai 2011

Betty 16.49

Und wieder habe ich eine neue Nummer...-liebe Grüße Betty

Joe 18.43

Dankeschön.

10. Juni 2011

Joe 18.03

Hallo Betty, wie geht es Dir? Wie wirst Du Pfingsten verbringen? LG Joe

11. Juni 2011

Betty 09.02

Hallo Joe die letzten zwei Wochen war ich krank, aber nun geht es wieder. Pfingsten sind wir bei Freunden in Frankfurt. ich wünsche dir ein schönes WE- BETTY

17. Juni 2011

Joe 17.44

Hallo Betty, ich denke oft an unsere gemeinsam verbrachten Augenblicke und habe dabei die heißesten Phantasien. Wie geht es Dir damit? LG Joe

Betty 18.27

Hallo Joe, ich habe alles ausgeblendet...aber die Erinnerung an unsere gemeinsame Zeit lässt mich heiß werden. Schön dass du mich nicht vergessen hast. LG B

Joe 18.30

Wenn Dir danach ist können wir uns gern treffen. Einfach spontan ohne zu planen. Das wäre schoen.

Betty 18.31

Ja, gerne. Übers WE habe ich die Kinder. spontan ist gut. :-)

Joe 18.32

Bei dir oder bei ? Jetzt ? Oder hast Du die Kinder schon?

Betty 18.32

Die Kinder sind schon da:-(:-)

Joe 18.47

Ok. Kannst ja einfach spontan smsen oder auch bei mir anklingeln.

12. Juli 2011

Joe 18.03

Spontan Lust und Zeit ? LG Joe

...

...

Mail verschickt am 14. August 2011 um 20:30:

Was war los mit mir??? Diese und auch andere Fragen plagten viele meiner Mitmenschen!!!

Hallo Joe,

die Phase des Rückzuges ist vorbei.

Und es tut mir sehr, sehr leid, dass ich dich so ignorant behandelt habe.

Die Dinge überschlugen sich, beruflich und auch privat. Ich wollte 150% geben aber war dazu nicht in der Lage.

Privat waren es die zwei Fehlgeburten und die jeweilige Trennung der dazu gehörigen Väter, die mir dann doch den Rest gaben. Ich dachte, ich könne damit umgehen, aber nur scheinbar. Es hat mich getroffen und zwar volle Breitseite. Zuerst lies ich mich hängen, habe kaum geduscht und die Wohnung vernachlässigt. Ich lag abwechselnd vor dem Fernseher oder dem PC. Und am Ende habe ich meine Kinder vernachlässigt. Es fehlten Dinge für die Schule und die Wäsche war nicht gut versorgt. Mein Haushalt glich einem Messiehaushalt.

Ich war 6 Wochen am Stück krankgeschrieben, meine Ärztin wollte mich in eine Klinik einweisen. Das war aber der Moment, der mich wachgerüttelt hat. Ich wusste, dass ich etwas ändern muss und habe mir ein Fahrrad gekauft, dass ich schon seit über einem Jahr haben wollte. Die letzten Tage meiner „Krankheit" habe ich zum aufräumen und putzen genutzt. Ich fahre Rad wie ein Weltmeister und bin mit den Kindern unterwegs. Alles in allem geht es mir wieder gut. In dieser depressiven Zeit, hatte ich keinerlei Kontakt zu Anderen. Es war die Hölle. Mit meiner Freundin gehe ich nun wieder regelmäßig zum Sport und wir treffen uns zum Quatschen.

Vor 5 Wochen lernte ich Mario kennen. Ich kann mich kaum auf ihn einlassen. Er ist sehr bemüht um mich und es ist sehr schön, zu hören, dass ich eine tolle Frau bin (sagt er!!!)

In der Arbeit sind die Ziele nicht erreicht und es ist mir egal, denn was geschafft ist, ist geschafft und alles andere muss warten.

Ich denke oft an unsere Zeit, die es so allerdings nicht wieder geben wird. Aber du hast mich ein kleines Stück meines

Weges begleitet und dafür danke ich dir aus ganzem Herzen.
Heißt jetzt nicht, dass ich nie mehr etwas von dir hören will...

Wenn du Lust hast, zu antworten, würde ich mich sehr freuen.

Es grüßt dich ganz herzlich

Betty

Re-Mail verschickt am 23. August 2011 um 09.16:

Hallo Betty,

jetzt habe ich die Zeit und Muße, Dir zu schreiben und auf Deine ehrlichen und selbsterkennenden Gedanken zu antworten.

Ich selbst kenne solche depressiven Phasen nicht, kann da nicht mitreden.

Allerdings weiß ich auch zu genüge, was es bedeutet schwere und belastende Lebensphasen zu durchleben. Trennungsschmerz und Verlust sind mir wohl bekannt, ob von Menschen, die ich liebe oder auch materieller Verlust, d.h. alles zu verlieren und loslassen zu müssen bis zur äußersten Grenze, dem Tod oder materiell gesehen dem Bankrott/ der privaten Insolvenz.

Was habe ich daraus gelernt?

„Hinterm Horizont geht's weiter..."

Es gibt Dinge, die ich selbst nicht ändern kann und solche, die ich ändern kann. Dazu gehört Vertrauen, besonders auch zu mir selbst, zu echten Freunden und was mich betrifft zu Gott.

So geht das Leben weiter. Ich versuche immer wieder ins Gleichgewicht zu kommen, ins Reine und in Beziehung zu bleiben, zu mir selbst und zu meinen Mitmenschen.

Besonders zu denen, die mir etwas bedeuten. Du gehörst zu diesen Menschen.

Danke, dass ich deinerseits auch dazu gehöre, was mir Deine offenbarten Gedanken ja zeigen.

Wie soll es weitergehen mit uns?

Ich weiß es nicht. Wir brauchen beide Nähe und Distanz. Zumindest ich für meinen Teil.

Dir nah zu sein, habe ich als sehr intensiv und schön empfunden... sexuell und auch seelisch.

Dir fern zu sein, konnte unser Verbundensein nicht trennen.

Betty, schön dass es Dich gibt.

Ich drück und küss Dich zärtlich und liebevoll und freue mich von Dir zu hören, zu lesen oder Dir zu begegnen.

Joe

01. Januar 2012

Betty 00.55

Alles Gute im neuen JAHR ....1000 liebe Grüße BETTY

Joe 01.16

Das ist ja eine Überraschung. Danke. Dir auch alles Gute und sei lieb gegrüßt. Joe

02. Januar 2012

Joe 12.22

Wenn Du willst, können wir uns gern mal treffen. Joe

03. Januar 2012

Betty 08.36

Okay, ich denke ja....;-)

Joe 09.00

Hört sich gut an....schreibst Du mir, wenn's passt...ok.

Mail verschickt am 03.01.2012 um 20:28 :

Hallo Joe,

ist ja lustig, dass du zeitgleich mit mir dachtest, dass wir uns treffen könnten…

Nur kann ich dir erst mal nicht sagen, wann wir uns sehen können – ich muss noch ein wenig in Ordnung bringen…was macht denn deine Arbeit?

Lieben Gruß Betty

Re-Mail verschickt am 03.01.2012 um 22:25 :

Hallo Betty,

vielleicht ist es eine Art Seelenverbundenheit zwischen uns...

Was meine Arbeit betrifft komme ich gut voran. Nächste Woche geht es wieder weiter. Ich habe immer noch viel Freude dran...

Nun ich bin sicher, dass Du alles gut ordnen kannst...

Ich freu mich auf Dich...

Liebe Grüße

Joe

08. Januar 2012

Joe 16.42

Hab gerade an Dich gedacht....einen schönen Abend wünscht Dir Joe

Betty 16.45

Was glaubst du, wie oft ich an dich gedacht habe;-) Morgen weiß ich meine Dienste und wir könnten was ausmachen! Lg Betty

09. Januar 2012

Joe 10.58

Oh ja...ich freu mich auf Dich. LG Joe

Joe 19.54

Und wie liegen Deine Dienste? Ich bin ja da relativ flexibel.

...

Email verschickt am 15.01.2012 um 01:24:

Ich werde

...ganz kirre, weil ich eine tollen Dienst, aber keine Zeit habe....grrrr...

Wie sieht es nächstes WE aus, da sind die Kinder bei ihrem Papa…!!??

Ich würde mich freuen von dir zu lesen…mein Fötzchen sehnt sich nach einem Schwanz… ;-)

Liebe Grüße

Betty

Re-Mail verschickt am 15.01.2012 um 15:44:

Mir geht es auch so.

Ich sehne mich nach Dir.

Mein harter Schwanz möchte Dein feuchtes Fötzchen beglücken.

Der Freitag Abend und die ganze Nacht können uns gehören. Samstag und Sonntag sind dann leider schon verplant.

Liebe Grüße

Joe

Re-Re-Mail verschickt am 15.01.2012 um 16:14:

Hallo Joe,

das hört sich gut an…ich würde zu dir kommen, wenn es dir recht ist, denn dann kann ich jeder Zeit nachhause fahren….

Ich habe Angst das eine Situation mich beherrschen könnte – warum auch immer – würdest du zu mir kommen, hätte ich weniger Einfluss auf meine „Freiheit"…

Nicht böse sein, aber ich denke, dass ich so meiner Angst Herr werde – ich sie also im Griff habe…

Ich habe es mir gerade selbst gemacht...der Gedanke an deinen Schwanz in meinem Hintern...ist schon enorm...

Freitag also...gegen 20:00 Uhr, wäre dass okay???

Liebe Grüße

Betty

Re-Re-Re-Mail verschickt am 15.01. 2012 17:37:

Ja Freitag 20 Uhr bei mir ist ok.

Betty ich freu mich auf Dich.

Was meinen geilen Schwanz in Deinem Arsch betrifft, so fährt er jetzt schon darauf ab. Hart ist er gleich geworden und ich werde ihn jetzt mal schön abspritzen lassen.

Liebe Grüße

Joe

Email verschickt am 16.01.2012 um 17:07:

Hallo Joe, ich muss dir leider für Freitag absagen...es ist etwas dazwischen gekommen...sorry...

Gruß Betty

Re-Mail verschickt am 16.01.2012 um 19:00:

Das ist schade Betty. Na dann vielleicht ein anderes Mal.

LG Joe

19. Januar 2012

Betty 05.50

Hast du morgen noch immer Zeit für mich?: B

Joe 12.20

Ja habe ich.

Joe 15.09

Wenn Du da bist, bist Du da. Ich würde mich freuen.

20. Januar 2012

...XX...XX...XX...

21. Januar 2012

Betty 14.41

Hey Joe, ich hätte jetzt gerne erneut deinen Schwanz in meiner schon wieder nassen Muschi...-ich bin so geil wenn ich daran denke, dass du meinen Hintern befingert hast und mein Fötzchen abspritzte- das war megageil. Ich würde sehr gerne wieder so heiß mit dir ficken. :-* LG Betty

Joe 18.58

Oh ja ich auch...Geil, wie Du abgespritzt hast....wow. Ich freu mich schon auf unseren nächsten "Tango". Bis bald. Joe

...

31. Januar 2012

Joe 09.31

Hallo Betty, wie geht's Dir? Sehen wir uns wieder am Freitag bei mir ? Liebe Grüße Joe

01. Februar 2012

Betty 05.05

Selber Ort, selbe Zeit :-* ich freu mich! Betty

03. Februar 2012

...XX...XX...XX...

04. Februar 2012

Betty 08.35

Guten Morgen Joe, was hast du denn heute vor? Mir geht es soweit gut;-) lg Betty

Joe 08.45

Wollen wir im Bett frühstücken oder lieber heute Abend die Kissen zerwühlen?

Betty 08.47

Hört sich beides schön an;-) heute Nachmittag in den Abend rein?

Joe 08.50

Ja ok wann bei mir oder bei Dir ?

Betty 08.51

Bei dir! Was soll ich mitbringen?

Joe 08.52

Rotwein ist ja immer wieder lecker...16 Uhr ?

Betty 08.55

Super 16 Uhr :-*

...XX...XX...XX...

14. Februar 2012

Betty 09.46

Hallo Joe, ich bin bis über beide Ohren verliebt. Danke für die schönen Stunden! LG Betty

Joe 10.00

Hallo Betty , ich danke Dir. Du bist eine wundervolle und liebenswerte Frau. Ein Weib zum lieb haben.

LG Joe

Joe 10.05

Wer ist denn der Glückliche? (wenn ich so neugierig sein darf)

Ich würde mich auch sehr glücklich schätzen...zwinker.

Betty 10.15

Bist du süß...leider bist du es nicht. hättest du dir denn mit uns etwas vorstellen können?

Joe 10.19

Ja schon...aber was nicht ist...kann ja noch werden...lach...viel Glück und eine schöne Zeit. LG Joe

Betty 10.20: Dankeschön :-)

...

...

03. März 2012

Joe 09.59

Guten Morgen Betty. Ich wünsche Dir heute zu Deinem Geburtstag alles Gute, Glück und Gesundheit Bleib wie Du bist, ein einzigartiger und liebenswerter Mensch.

Lust und Leidenschaft spiegeln Deine Freude am Leben wieder. Geil das wir sie miteinander ausleben konnten. Dir einen schönen Tag wünscht Joe

...

...

Email verschickt am 7.7. 2012 17.00:

Joe,

ich muss dir mitteilen, dass ich chronisch untervögelt bin – ich leide darunter...sehr sogar.

Möchtest du mir noch mal zeigen, wie man Tango tanzt und wirst du mich danach verführen und mich wie damals zum Höhepunkt, zur Explosion

bringen - es wird sicher nicht zu deinem Nachteil geschehen...!!!!!????

Ich hoffe du bist noch solo, wenn nicht vergiss diese Mail....

1000 liebe, erwartungsvolle Grüße

Betty

Re-Mail verschickt am 7.7.2012 18.00:

Oh ja Betty. Sehr gern möchte ich das sogar....wann passt es denn bei Dir?

Freudig erregte Grüße sendet Dir Joe

07. Juli 2012

Joe 18.51

Hallo Betty. Hab gerade Deine Mail gelesen...du bist total untervögelt....na dass geht ja gar nicht...wann hast Du denn Zeit mich zu besuchen? LG Joe

08. Juli 2012

Joe 22.26

Gute Nacht Betty. Ich wünsche Dir süße heiße feuchte Träume...Joe

Email verschickt am 14.7.2012 7.28:

Hallo Joe,

bisher habe ich noch keinen Tag gefunden, der es uns ermöglicht unsere Lust aus zu leben...es bleibt vorerst das nächste WE...da sind die Kinder bei Tom...

Ich melde mich auf alle Fälle noch mal und sag dir Bescheid, wann es geht.

Ganz liebe Grüße

Betty

22. Juli. 2012

Joe 12.08

Hallo Betty. Dir einen schönen Sonntag. LG Joe

Email verschickt am 29. 7. 2012 8.00:

Hallo Joe,

hier überschlagen sich die Ereignisse.

Ich für mich hatte das dringende Bedürfnis alleine zu sein. So
kam es dass du jetzt vielleicht schon im Urlaub an der See bist
und wir noch immer keinen Sex hatten....den ich doch gerne
mit dir hätte.

Vielleicht kannst du dich per Handy melden - auf diese Mail
meine ich.

Ich wünsche dir viel Freude und viele neue Erfahrungen.

LG Betty

Re-Mail verschickt am 29.7. 2012 9.00:

Guten Morgen Betty.

Ja ich bin gerade auf See. Auf der Fähre nach Norwegen. Bis
02.09. werde ich dort im Urlaub sein.

Bei soviel neuen Eindrücken für uns beide werden wir auch
zukünftig noch unvergesslichen und phantastischen Sex
miteinander haben. Da bin ich mir ganz sicher.

Bis dahin. Ich drück Dich.

Joe

Email verschickt am 19 Aug 2012 18:01:

Hallo Betty.

Drei Wochen Norwegen sind bereits wie im Flug vergangen. Nun sind es nur noch

zwei. Ich fühle mich hier pudelwohl. Wie geht es Dir? Ich freue mich auf unser Wiedersehen.

Muss oft an unsere Zeit und an Dich denken. LG Joe

Re-Mail verschickt am 19.August 2012 18.40:

Hallo Joe,

E Mail von dir - ach wie schön!

Habe gerade wieder mal an dich gedacht...NUR noch zwei Wochen!!!! Das ist gut!!!

Ich wünsche dir noch viel Spaß und viel Erholung und freue mich auf ein Wiedersehen.

LG Betty

Email verschickt am 05 Sep 2012 09:42:

Guten Morgen Betty.

Ich bin wieder da!!! Und ich freue mich so darauf, Dich zu sehen und zu spüren.....

Re-Mail verschickt am 13. Sep 2012 22.00:

Hallo Joe,

ich freue mich sehr, dass du wieder zurück bist...meine Zeit ist sehr knapp bemessen, aber ich möchte dich sehr gerne sehen und hemmungslosen Sex mit dir haben. Ich bin aber ständig irgendwo anders...grrrr...

Warum habe ich deine Handnummer nicht mehr??? Schick sie mir bitte per Mail, denn ich weiß meine nicht auswendig...

Kann man zwei Männer mögen, den einen haben wollen und auf den anderen nicht verzichten wollen....ist möglich oder????

An welchen Tagen kannst du mich treffen??? An den Wochenenden, wenn die Kinder bei Tom sind, habe ich am besten Zeit...

Das kommende WE bin ich in der Pfalz zum Klassentreffen.

Lass uns in Kontakt bleiben!!!

Lieben Gruß für dich von mir

Betty

Re-Re-Mail verschickt am 14. September 2012 10.00:

Hallo Betty.

Hier meine Handy Nummer 0123 4567890.

Oh ja hemmungsloser Sex zwischen uns beiden...du und ich wir brauchen es.

Zwei Menschen zu mögen...das geht...diese Gefühle hatte ich auch schon...

Ja an den Wochenenden sollten wir es beibehalten...spontan ist es aber immer möglich, wenns terminlich passt...wir Zeit füreinander haben...

Ich freu mich auf Dich. Bis bald

Joe

Email verschickt am 20.9.2012 7.30:

Hallo Joe - hast du am Sonntag Zeit...und Lust???

Re-Mail verschickt am 20.9.2012 10.00:

Jaaaaa.....Sonntag passt bei mir prima...bin jetzt schon geil.

22. September 2012

Betty 21.57

Hallo Joe, darf ich denn morgen zu Dir kommen? LG Betty

23. September 2012

Joe 01.30

Ja klar. Ich bin zuhause und freue mich auf Dich. Wann willst Du denn kommen? LG Joe

Joe 08.00

Ich schlage vor, ab 10 Uhr, da hab ich ausgeschlafen. Ich freu mich. Bis nachher.

Betty 08.00

Okay...mein Fötzchen pocht schon...bis gleich:-*

Joe 08.01

Oh wow...ich bin so geil ...mein Schwanz ist schon ganz hart...

Betty 08.02

Na, dann werde ich jetzt duschen und mich dann auf deinen Schwanz stülpen...und dann stößt du mich und hältst dabei meine Arschbacken .

Joe 08.05

Oh ja ich kann's kaum abwarten...komm beeil dich...ich will dich ficken..

Betty 08.07

Vergiss dann aber meinen Hintern nicht- zu ficken meinte ich...:-*

Joe 08.10

Ja ich werde dich richtig geil in den Arsch ficken bis du gewaltig kommst...

Betty 10.30

Ich fahre jetzt los, will endlich KOMMEN....

...XX...XX...XX...XX...XX...

Betty 20.10

Hey Joe, es war sehr schön mit Dir. Ich bekomme das Grinsen nicht mehr aus dem Gesicht....:-*

Joe 20.15

Ja geht mir ebenso...freue mich schon auf unser nächstes Treffen.

26. September 2012

Joe 15.52

Ich könnt schon wieder mit Dir vögeln...ich bin so geil auf dich Betty.

27. September 2012

Betty 07.10

Joe, deine SMS kam bei mir an, als ich in einer Elternversammlung war...geil der Gedanke, aber er hat mich völlig aus dem Konzept gebracht...ja, jetzt vögeln, dann befriedigt zur Arbeit und Sperma fließt aus dem Hintern....MegaBreitUndLüsternGrins :-*

01. Oktober 2012

Joe 09.04

Guten Morgen Betty. Ich wünsche Dir in dieser Woche viele feuchtgeile Momente für dein Fötzchen und dein Hintertürchen... Ich freu mich auf Dich...vielleicht ja wieder Sonntag? Ich liebe unsere Geilheit...bis bald. Joe

Betty 18.59

Wie sieht es Freitag Abend aus? :-*

Joe 19.34

Ja Freitag Abend passt prima. Ich freu mich auf Dich.

05. Oktober 2012

...XX...XX...XX...

09. Oktober 2012

Joe 20.30

Alles prima ...Bin gesund...Test gerade gut bestanden...welch ein Glück für uns beide.

...

...

31.12.12

11:15:06: Joe: Hallo Betty. Danke für die "besonderen" Stunden, die wir dieses Jahr zusammen genießen konnten.

31.12.12 11:17:11: Betty:...dafür danke ich dir auch...

31.12.12 11:28:12: Joe: Ich freue mich auch auf so manche geile Begegnung im neuen Jahr...Rutsch gut rein.

...

02.01.13 12:55:14: Betty: Sehr schönes Foto....danke...schön....

...

06.01.13 21:06:28: Joe: Oh lecker Hühnchen...nur schade um den Hahn.

06.01.13 21:07:24: Betty: Sch. Situation....muss ich zugeben....lach

06.01.13 21:08:23: Joe: Ja ...hätte er sich von den beiden nur mal ordentlich eincremen lassen...

06.01.13 21:08:55: Betty: Nicht nur das ...gröhl....

06.01.13 21:09:19: Joe: sondern?

06.01.13 21:10:02: Betty: ...

06.01.13 21:11:12: Joe: meinst du auch, sie hätten ihn mal ordentlich durchvögeln sollen?

06.01.13 21:12:26: Betty: Er sie, denn im Grunde hätte er wissen müssen wie er endet ohne Sonnenschutz...

06.01.13 21:14:44: Joe: Nun wenn ihn die beiden vernascht hätten, dann hätte er vielleicht nicht viel besser ausgesehen...

06.01.13 21:16:36: Betty: Wer weiß, wenn man heiß ist, brennt schon mal die Hose und in seinen Fall die Federn....

06.01.13 21:18:19: Joe: Und dann auch gleich noch mit zwei lecker Hühnchen ... ein Traum aller heißen Hähne.

06.01.13 21:19:04: Betty: Hattest du schon Sex mit zwei Frauen???

06.01.13 21:19:15: Joe: Jaaaa

06.01.13 21:20:59: Joe: Geil ...vor allem weil sie es sich auch noch gegenseitig besorgt haben...

06.01.13 21:22:55: Betty: Wie geil....hmmm

06.01.13 21:23:52: Joe: Hast du nicht solche Phantasien?

06.01.13 21:25:32: Betty: Na doch hatte in den letzten Wochen zwei Anläufe ein Fötzchen zu lecken, aber es passte nicht....

06.01.13 21:27:46: Joe: Stimmte die Chemie nicht...soll ich mich mal umhören?

06.01.13 21:28:22: Betty: Ne, lass mal...hab ein paar Kontakte....

06.01.13 21:28:35: Joe: Geil...

06.01.13 21:29:42: Joe: Ja ein Fötzchen zu lecken ist das größte

06.01.13 21:30:46: Joe: Wenn es passt, dann denkt ihr beide dann doch an mich oder?

06.01.13 21:31:22: Betty: Hm...

06.01.13 21:33:00: Joe: Ja oder Ja...aber erst mal euch beiden viel Vergnügen...ich drück dir die Daumen, dass es klappt.

06.01.13 21:34:39: Betty: Joe - deine Chemie passte die letzten Male nicht so gut...zu der meinen...

06.01.13 21:36:03: Joe: Schade...hatte gar nicht so das Gefühl ...hast auch nichts gesagt...

06.01.13 21:37:02: Betty: Doch hatte ich...

06.01.13 21:38:10: Joe: Meinst du meinen Atem?

06.01.13 21:39:00: Betty: Ja...und Schweißgeruch...

06.01.13 21:39:39: Joe: Das tut mir leid...

06.01.13 21:40:42: Betty: Mir auch....das war der Grund, warum ich mich zurückzog...

06.01.13 21:41:15: Joe: Dann sollten wir es mal unter der Dusche versuchen...zwinker

06.01.13 21:42:08: Joe: Ich mag Dich trotzdem sehr...aber das weißt Du ja.

06.01.13 21:43:04: Betty: Danke....Ich werde jetzt „Shades of Grey" weiter lesen, dann schlafen....

06.01.13 21:43:39: Joe: Leihst du es mir, wenn du fertig bist?

06.01.13 21:44:32: Joe: Es soll der Oberhammer sein...

06.01.13 21:45:14: Betty: Bis jetzt knistert es heftig...kannst es dir dann ausleihen....

06.01.13 21:45:26: Betty: Wenn ich durch bin...

06.01.13 21:46:02: Joe: Ist klar...und halt mich auf dem laufenden was die Fötzchen machen..

06.01.13 21:46:24: Betty: Okay.. lol...

06.01.13 21:47:25: Joe: Ich denke du wirst die Richtige finden und ihr werdet viel geilen Sex haben.

06.01.13 21:48:50: Joe: Bis bald... Und denk dran lesen ..nicht fingern

06.01.13 21:49:46: Betty: Gute Nacht...

06.01.13 21:50:02: Joe: Gute Nacht Betty.

...

23.01.13 22:35:09: Joe: Dir süße Träume heut Nacht ...

23.01.13 22:35:54: Betty: Upps...

23.01.13 22:36:36: Joe: Es dürfen auch gern feuchte Träume sein...

23.01.13 22:37:17: Betty: Lach....

23.01.13 22:38:26: Betty: Ein neues Buch liegt auf dem Tisch...schon gesehen...

23.01.13 22:38:41: Joe: Nein. Noch nicht.

23.01.13 22:41:32: Joe:...kannst mir ja bei Gelegenheit mal zum lesen geben.

23.01.13 22:42:17: Betty: Schatz....ich habe es als Download...

23.01.13 22:43:15: Joe: Ich weiß ja Süße, das Du gerne Down loadest...

23.01.13 22:43:59: Betty: Frecher Kerl....

23.01.13 22:45:01: Joe: Nun unsere geile Sektorgie geht mir da halt ständig durch den Kopf.

23.01.13 22:47:32: Joe: Hattest Du schon Erfolg, was ein geiles Fötzchen betrifft?

23.01.13 22:48:22: Betty: Ne....

23.01.13 22:49:04: Betty: Freitag treffe ich mich mit Kerstin....tolle Frau von 51 Jahren...

23.01.13 22:49:52: Joe: Na das freut mich , hoffe es klappt und ihr habt Spaß .

23.01.13 22:51:56: Betty: Na ja, erst mal kennen lernen...Sie hat Erfahrungen mit Frauen rrrr

23.01.13 22:52:36: Joe: Das macht dich schon so richtig heiß oder...

23.01.13 22:57:54: Joe: Ich war wieder mal geil Tango tanzen...

23.01.13 22:58:43: Betty: So so !!!

23.01.13 23:00:32: Joe: Engtanz...es gibt Mädels die wollens wissen....manche tanzen da auch nur mit Frauen ...

23.01.13 23:01:48: Betty: Klar, weil die sich so gut anfühlen....grins- solltest du doch wissen

23.01.13 23:02:45: Joe: Stimmt...so geschmeidig und heiß...grrr

23.01.13 23:05:11: Joe: Ich mag diese Leidenschaft.

23.01.13 23:12:25: Joe: Und du ja auch...diese Hemmungslosigkeit ...einfach nur geil.

23.01.13 23:14:02: Betty: ...

23.01.13 23:14:13: Betty: Ich gehe schlafen...

23.01.13 23:14:24: Betty: Gute Nacht....

23.01.13 23:14:31: Betty: Eins noch...

23.01.13 23:15:15: Joe: Ja?

23.01.13 23:15:33: Betty: Kannst du Frauen zum squierten bringen???

23.01.13 23:16:39: Joe: Zum abspritzen...ja ist mir schon mal passiert...geil sag ich dir.

23.01.13 23:18:21: Betty: Ich habe Sex mit Heinz....er bringt mich zum spritzen....aber, er holt sicher drei Liter aus mir heraus...es ist unbeschreiblich....rrrrrrrrrf

23.01.13 23:19:04: Joe: Du sagst es...geil...

23.01.13 23:19:41: Betty: Und weg. Schlaf gut....

23.01.13 23:19:54: Joe: Du auch. Bis bald.

23.01.13 23:21:11: Joe: Und bei Gelegenheit squirten wir auch mal...

...

24.01.13 23:29:13: Joe: Schon geil wenn du dich da so richtig fallen lassen kannst.

25.01.13 23:12:16: Joe: Bin gerade mal dabei und beginne meine sexuellen Abenteuer

aufzuschreiben...

26.01.13 07:31:55: Betty: Das ist eine gute Idee...geile Idee..

28.01.13 09:50:25: Joe: Ja ich habe ständig einen harten Schwanz dabei, der dann so richtig prall gefüllt ist und aus der Eichel erste Lusttropfen fließen lässt...

30.01.13 18:34:27: Joe: Was macht dein Fötzchen...geht's ihm gut?

01.02.13 18:00:16: Betty: Reinstecken und auf ein Erdbeben warten . Lach

...

08.02.13 11:15:13: Joe: Dir einen wundervollen Tag.

08.02.13 19:46:00: Betty: Dir ein schönes We...

...

18.02.13 16:01:10: Joe: Ich hoffe, Du bist nicht untervögelt...?

18.02.13 16:02:15: Betty: Natürlich....

18.02.13 16:02:26: Betty: Bin ich es...

18.02.13 16:03:04: Joe: Da kann ich gern behilflich sein...

18.02.13 16:05:57: Betty: Das glaube ich gerne....

18.02.13 16:06:23: Joe: Immer wieder gern...für Dich gebe ich alles ...

18.02.13 16:09:17: Joe: damit deine Orgasmen einfach unvergesslich sind..

18.02.13 16:24:00: Joe: Da lebe ich ganz frei und unverschämt.

18.02.13 16:28:30: Betty: Hahaha....du Glücklicher...

18.02.13 16:29:25: Joe: Kann da Geschichten schreiben...

18.02.13 16:33:00: Betty: Hast Du doch angefangen oder???

18.02.13 16:32:57: Joe: Ja hab ich.

18.02.13 16:33:38: Joe: Bisher drei kleine geile Fickereien...

18.02.13 16:35:26: Joe: Lese sie dir vor, wenn du mal wieder bei mir vorbeischaust.

18.02.13 16:39:33: Joe: Auf einen lecker Kaffee...zwinker

18.02.13 16:40:34: Betty: Tango....Lesen, dann Ficken wäre geiler....

18.02.13 16:40:55: Joe: Genauso.

18.02.13 16:42:35: Joe: Kommst vorbei?

18.02.13 16:43:20: Betty: Ich weiß doch nicht wann ..

18.02.13 16:43:48: Joe: Meldest dich einfach spontan...

18.02.13 16:44:22: Betty: ...ja genau

...

24.02.13 15:31:55: Joe: Praktisch wie zum Tango tanzen...grins

24.02.13 17:07:32: Betty: Dann bist du demnach ein guter Führer...ich lasse mich gerne führen...

24.02.13 17:08:56: Joe: Ja ich weiß...besonders, was die Einführung betrifft ...grins

24.02.13 18:44:05: Betty: Frecher Kerl...

24.02.13 18:44:30: Joe: So bin ich halt...zwinker

18.03.13 18:58:12: Joe: Na was treibst Du so ?

18.03.13 19:27:16: Betty: Na so allerhand....lach

18.03.13 19:31:49: Joe: Dachte es mir...darauf könnt ich jetzt ordentlich spritzen...

18.03.13 19:32:41: Joe: ....mit Sekt natürlich...zwinker

18.03.13 19:33:41: Betty: Klar was sonst...zwinker

18.03.13 19:33:56: Joe: Klar doch ...spritzt Du mit?

18.03.13 19:34:43: Betty: Nö...

18.03.13 19:34:49: Betty: Sekt ja...

18.03.13 19:34:36: Joe: Grins

18.03.13 19:35:29: Betty: lach

...

15.04.13 19:53:11: Joe: Wie wäre es für Dich eigentlich mal mit zwei Schwänzen...nur eine Phantasie oder lieber mal ganz hautnah und real ?

15.04.13 20:03:26: Betty: Hatte ich heute vor einer Woche...grrr

15.04.13 20:06:00: Joe: Super. Kannst Du Dir dass auch mit mir und einen anderen Deiner bzw meiner Wahl vorstellen?

15.04.13 20:07:29: Betty: Generell schon...

15.04.13 20:07:46: Joe: Ich finde das auch eine geile Vorstellung...

15.04.13 20:10:00: Joe: Hätte da auch einen jungen Kerl der Interesse hat...Andreas

15.04.13 20:12:02: Betty: Wie alt ist der denn??

15.04.13 20:12:33: Betty: der junge Mann...

15.04.13 20:12:19: Joe: Das kann ich ja rausbekommen.

15.04.13 20:13:42: Betty: Wenn es mein Sohn sein könnte mag ich lieber nicht mit ihm vögeln.

15.04.13 20:15:03: Joe: Das krieg ich raus...ansonsten kannst Du ja auch einen mitbringen oder mich mitnehmen...

15.04.13 20:45:40: Joe: Freitag auf Samstag habe ich eine Frau so richtig zum abspritzen gebracht....sie hörte gar nicht wieder auf...ihre Sofadecke war klatschnass...

...

16.04.13 11:52:41: Joe: Andreas ist 33 Jahre alt.

16.04.13 11:54:18: Joe: Und sexuell laut seiner Aussage auch meist recht standhaft.

16.04.13 18:54:29: Betty: So so ??!!!

17.04.13 00:42:43: Joe: Na ja bisher war ich noch nicht dabei, wenn er am vögeln war...zwinker

...

26.04.13 19:09:44: Joe: Dir ein geiles Wochenende...

26.04.13 19:43:54: Joe: Wir sollten mal wieder ...

26.04.13 19:50:57: Joe: Den Nachbarn Grund zum Rauchen geben.

27.04.13 07:44:17: Betty: Hahaha...hier gibt es auch schon Kettenraucher...

27.04.13 08:37:26: Joe: Geil.....

27.04.13 09:08:37: Joe: ...die Vorstellung, wie Du Dich reihenweise durchvögeln lässt.

27.04.13 10:06:19: Betty: Na, na...so nun auch wieder nicht...

28.04.13 16:19:27: Joe: Verstehe...zwinker

28.04.13 19:20:51: Joe: Ich finde es gut und wichtig, kein Kind von Traurigkeit zu sein, sich seine Wünsche und Träume auch selbst zu erfüllen.

28.04.13 19:23:26: Joe: Dir einen schönen Abend Betty.

28.04.13 19:26:35: Betty: So sehe ich das auch...wer weiß, wann wir den Löffel abgeben...

28.04.13 19:27:56: Joe: Stimmt und dann sollten wir gelassen dreinschauen, weil wir das Leben genossen haben und nichts bereuen brauchen.

...

24.05.13 17:19:03: Joe: Ich liebe das Leben, die Liebe und die Lust.

24.05.13 17:57:58: Joe: Und ich könnte jetzt wie wild vögeln...

02.06.13 15:37:24: Joe: ...

02.06.13 18:37:54: Betty: Na ja...dann sollten wir mal wieder genießen...

02.06.13 21:36:42: Joe: Oh ja sollten wir...unbedingt...Betty.

...

20.10.13 15:58:08: Joe: Jetzt auf dem Weg ...zum Tangocafé

21.10.13 10:17:12: Joe: Bin noch bis zum Schluss geblieben. Hab gesehen, unser Kurs beginnt erst nächste Woche...am Di. 29...

24.10.13 08:05:50: Betty: Ich war voller Begeisterung und wäre am selben Tag noch zum Kurs gegangen...

24.10.13 10:09:48: Joe: Ging mir ebenso...freue mich auf Dich...ist ja bald Di. ...lach

29.10.13 12:18:06: Betty: Hallo Joe, endlich ist es Dienstag...bleibt doch dabei oder? Bin zwar etwas abgeschlagen und weniger Leistungsfähig, aber wird schon gehen...

29.10.13 12:44:55: Joe: Ja klar. Ich freu mich drauf.

...

29.10.13 21:00:47: Joe: Gute Nacht. Hat Spaß gemacht.

29.10.13 21:07:36: Betty: dito

...

08.11.2013 14:49 Joe: Hast Du Zeit und Lust...kommst Du mit?

„Schon mal über Beziehungsstrukturen nachgedacht?!?
Ein Vortrag zu Monogamie und Polyamorie. Am Freitag, 8.
November 2013 um 19:30"

08.11.2013 14:51: Betty: Hey Joe, ich kann den Link leider nicht öffnen, aber grundsätzlich wäre ich interessiert....

.08.11.2013 14:52: Joe: Heute 19.30 Uhr im Club.

08.11.2013 14:52: Betty: HEUTE???

.08.11.2013 14:53: Joe: Ja.

08.11.2013 14:53: Betty: ja, klasse...hättest du dich nicht mal früher melden können?? Ich kann dir nicht versprechen, ob ich diese Zeit schaffe...ich würde aber gerne, denn ich hatte mal mehrere Männer gleichzeitig....

.08.11.2013 14:54: Joe: Geht bis 21 Uhr

08.11.2013 14:54: Betty: würde mich interessieren, warum man so nicht leben kann

.08.11.2013 14:58: Joe: Wirst ja sehen, ob du es schaffst, ich bin auf jeden Fall da.

...

.08.11.2013 22:16: Joe: Die nächste Veranstaltung findet am 06.01. statt.

...

17.12.13 17:45:10: Joe: Noch ein bisschen die Beine hochgelegt vor unserer gemeinsamen Tangostunde...

17.12.13 22:21:58: Joe: Es hat mir großes Vergnügen bereitet, mit Dir Tango zu tanzen. Gute Nacht Dir Betty.

17.12.13 22:33:42: Joe: Wenn Du magst können wir ja vor Weihnachten noch zusammen einen Glühwein oder auch zwei trinken gehen.

17.12.13 22:43:44: Betty: Gerne....hätte Lust drauf

17.12.13 22:45:48: Joe: Wie sieht es denn am Freitag bei Dir aus?

18.12.13 06:55:17: Betty: Guten Morgen, dann könnten wir auch zur AdventMilonga fahren...

18.12.13 06:56:24: Betty: Ich würde fahren...wenn nicht gehen wir Glühwein trinken...allerdings sind meine Kinder bei mir....

18.12.13 10:11:32: Joe: Auch eine gute Idee...gefällt mir

18.12.13 10:12:44: Joe: Wo fahren wir da gleich noch mal hin?

18.12.13 16:40:37: Betty: Nach Leipzig...Beginn 21:00 Uhr mit open End...

18.12.13 16:41:33: Betty: Eintritt selbstgebackene Plätzchen oder eine Spende...

20.12.13 16:07:46: Joe: Holst Du mich dann ab ?

20.12.13 16:10:32: Joe: Wenn Du magst , dann kannst Du auch gern früher erscheinen...ich freue mich auf den Abend mit Dir.

20.12.13 17:22:31: Betty: Ja, ich hole dich ab...hab aber keine Plätzchen für den Eintritt

20.12.13 17:23:07: Joe: Na wir werden bestimmt trotzdem reingelassen...

20.12.13 20:23:20: Betty: Bin da...kommst du runter...

...

21.12.13 01:53:15: Joe: Danke für den tollen Abend. Über unsere polyamoren Vorstellungen können wir uns ja im nächsten Jahr weiter austauschen. Und wer weiß, vielleicht geht ja da auch was zwischen Karla (die Freundin von der ich gerade sprach) , Dir und mir....ich für meinen Teil könnte mir das sehr gut vorstellen...wenn Du magst schicke ich Dir mal ein Foto von ihr...gute Nacht und süße Träume wünscht Dir Joe

21.12.13 09:40:10: Betty: Spannend...wir können uns ja mal kennen lernen

21.12.13 09:41:26: Betty: Ich fand den Abend auch sehr schön...danke, dass Du mitkommen konntest

21.12.13 09:44:51: Joe: Ja gern geschehen...na dann werde ich Karla dies mal mitteilen...und dann trinken wir zunächst mal einen Kaffee zusammen ... Zum beschnuppern

21.12.13 09:49:18: Joe: Oder auch einen Eierpunsch...oder zwei...

21.12.13 09:55:46: Betty: genau...lach

21.12.13 10:01:50: Joe: Karla ist übrigens auch in Facebook wenn du schon mal schauen möchtest.

21.12.13 10:09:55: Joe: Karla (bitte diskret behandeln) Dh nur unter uns Dreien.

21.12.13 11:25:03: Betty: Okay...klar doch

...

21.12.13 18:01:59: Joe: Habe mit Karla gerade einige Eierpunsch getrunken...zunächst möchte sie erst mal einen zweiten Mann im Bett ...eine Frau etwas später ... Gespannt bin ich trotzdem schon sehr...

21.12.13 18:23:54: Betty: Na ja, unverbindlich treffen würde aber gehen oder?

21.12.13 18:25:57: Joe: Ja klar ich denke schon. Sie braucht noch etwas Zeit . Ist alles neu für sie.

21.12.13 18:28:14: Joe: Das neue Jahr hat ja reichlich Tage dafür im Angebot...

21.12.2013 20:49: Betty: Joe, hab gerade mal nachgesehen...sie sieht toll aus, der kann ich nicht das Wasser reichen...bitte, da versinke ich vor Ehrfurcht im Boden.

.21.12.2013 21:22: Joe: Toll sieht sie aus, da hast Du recht...aber sie ist ganz Frau wie Du...sexuell ebenso erfahren und begabt...und dabei ganz natürlich und echt lieb und verschmust...dabei sexuell unersättlich....sie hat momentan eher Bedenken, weil wir uns schon länger kennen , auch auf sexueller Ebene....aber schauen wir mal...ich schätze die Neugier und das Begehren werden siegen...vielleicht nicht Morgen aber übermorgen ...lächel

22.12.13 22:31:14: Betty: Finde ich auch...

22.12.13 22:40:00: Joe: Bis bald und gute Nacht

24.12.13 02:49:11: Betty: Schönes Fest und alles erdenklich Gute im neuen Jahr

31.12.13 14:01:17: Joe: Dir auch Kleines.

02.01.14 18:26:05: Joe: Sonntag will ich mal wieder zum Tangocafé...

02.01.14 18:29:12: Joe: Freue mich auf Dich Kleines...

02.01.14 21:20:16: Betty: Ich auch... Tanzt deine Freundin auch ?

02.01.14 21:45:03: Joe: Tango bisher nicht...

03.01.14 01:05:12: Joe: Aus polyamorer Sicht ist Karla nicht meine Freundin, sondern eine Freundin...zwinker.

03.01.14 01:10:24: Joe: So wie Du. Für mich bist Du ja auch eine Freundin.

03.01.14 17:21:31: Betty: Joe, kommst du am Dienstag nicht zum Tanzkurs

03.01.14 17:22:48: Betty: Ich frage, weil du zu einer Veranstaltung der Poly Gruppe gehst.

03.01.14 17:23:21: Betty: Die findet zur selben Zeit wie der Kurs statt.

03.01.14 17:27:40: Joe: Stimmt. Diesmal ist es mir wichtig dorthin zu fahren. Ansonsten stehe ich Dir weiterhin wie abgemacht zum Tanzkurs zur Verfügung.

03.01.14 17:29:58: Joe: Ich hoffe , du hast Verständnis . Wir sehen uns ja zuvor noch zum Tangocafé, um darüber zu sprechen.

03.01.14 19:20:19: Betty: Wir reden am Sonntag noch mal

03.01.14 19:20:41: Betty: Aber alles ist gut

...

06.01.2014 14:48: Joe:

Deine Freundin und Du Betty, dass gefällt mir. Ich finde es toll, dass Du sie öffentlich vorstellst. Warst Du mit ihr gemeinsam in Prag? Ich habe den Jahreswechsel ja zusammen mit Karla verbracht. Schade, dass wir uns gestern beim Tango nicht miteinander austauschen konnten. Aber dafür haben wir ja noch genug Gelegenheit. Vielleicht heute Abend im Club?? Liebe Grüße schickt Dir Joe

07.01.2014 21:32: Betty: Na du, wie war es??

.07.01.2014 21:33: Joe: Wollte mit Karla zusammen hinfahren...hatten jedoch Zoff miteinander...

07.01.2014 21:33: Betty: Achje...

.07.01.2014 21:34: Joe: Sie ist so eifersüchtig...

07.01.2014 21:35: Betty: Auf wen denn?? Wie viele Frauen hast du denn?? Du Schwerenöter!!!

.07.01.2014 21:36: Joe: Sie denkt mehr als 5...

07.01.2014 21:37: Betty: Lach...sind sie denn alle glücklich mit dir...schaffst du es sie zu befriedigen?? Ich scherze sorry!!!

.07.01.2014 21:38:Joe: Es sind genau 5...und ja...bisher schaffe ich es...lach

07.01.2014 21:39: Betty: Liebt sie dich?

.07.01.2014 21:39: Joe: Ja.

07.01.2014 21:40: Betty: dann ist es schwer für sie, dich zu teilen...verstehe ich...aber sie wusste es oder??

.07.01.2014 21:41: Joe: Ja und ja teilen ist das Problem.

07.01.2014 21:42: Betty: Polyamore Liebe lebt von Offenheit und Vertrauen...ohne ist sie kaum lebbar...und man muss wohl immer wieder an sich arbeiten

.07.01.2014 21:43: Joe: Du sagst es...genauso

07.01.2014 21:44: Betty:

Es ist aber sehr schwer, wenn man weiß, dass der Partner jetzt wohl bei der anderen ist...sehr schwer, zumal wenn man sehr verliebt ist....aber dass es geht weiß ich...

.07.01.2014 21:45: Joe:

Ich auch...sie lernt noch...

Und ich hoffe, sie schafft es, da ich sie auch lieb habe...

Sich zwei Männer zu teilen, dass könnte sie wohl... Aber mich mit einer anderen Frau?

07.01.2014 21:51: Betty: ...ja, seltsam

ich habe Kontakt zu einem Paar...sie hätten mich gerne für erotische Abenteuer im Bett...sie kann IHN teilen, aber er sie nicht...häää...komisch

ich weiß nicht, ob dass soooo logisch ist...

wenn dann gilt das für beide...zu teilen meinte ich

.07.01.2014 21:53: Joe: Ja genauso sehe ich das auch.

07.01.2014 21:54: Betty:

Aber ich habe gut reden...bin ja nicht verliebt...

Habe heute übrigens mit Arnd, Monis Freund getanzt...

.07.01.2014 21:55: Joe: Gut so. Nächsten Di hast du mich wieder .

07.01.2014 21:56: Betty: jeeehaaaaaaa...wobei Arnd ein guter Tänzer ist...

07.01.2014 21:56: Betty: du auch

.07.01.2014 21:57: Joe: Ich weiß er ist Tanzprofi

07.01.2014 21:58: Betty: jaaaa...schmacht...

.07.01.2014 21:59: Joe: Nun ich hab ja auch so meine Qualitäten... die nicht zu verachten sind...

07.01.2014 22:01: Betty: ..jaaaa, hast du...ich finde dich sehr unterhaltsam...lach

.07.01.2014 22:02: Joe: Genau...und im Bett hatten wir auch viel Spaß miteinander .

07.01.2014 22:03: Betty: naja, das habe ich jetzt absichtlich nicht angesprochen..

.07.01.2014 22:04: Joe: Zwinker ... Warum dass denn? Lach.

07.01.2014 22:05: Betty: Selbstschutz...

.07.01.2014 22:07: Joe: Verstehe...fühle mich geehrt.. du weißt : Ich hab Dich lieb.

.07.01.2014 22:09: Joe: Und ich schäme mich auch überhaupt nicht dafür.

07.01.2014 22:10: Betty: Warum auch...nun fühle ich mich geehrt...lach

...

28.01.14 17:51:45: Joe: Heute wieder Tangokurs?

28.01.14 18:20:34: Betty: Jaaaaa

31.01.14 17:18:47: Joe: Oh ich glaube, die beiden werden wohl ganz schnell ineinander verschmelzen...grins

31.01.14 17:21:15: Betty: Herrlich oder...

31.01.14 17:20:55: Joe: Ja. So richtig heiß von hinten...Wollen wir zwei dies nicht auch mal wieder miteinander tun?

31.01.14 17:23:13: Betty: In meinen Hintern...hmmmm...

31.01.14 17:22:27: Joe: Genau...ich weiß du magst es...

31.01.14 17:24:37: Joe: Wenn ich ganz gefühlvoll dabei bin!!!

31.01.14 17:37:03: Joe: Wenn Du Zeit und Lust hast Maus...Joe ist ganz allein Zuhaus.

31.01.14 17:39:21: Betty: Bist Süß... Ich treffe heute einen lieben Freund... Micha...

31.01.14 17:39:39: Betty: Bin für heute versorgt

31.01.14 17:39:27: Joe: Ja sehr gut...ich freue mich mit Dir...lass es Dir gut besorgen Kleines.

31.01.14 17:40:33: Joe: Vielleicht mögt ihr es ja mal zu Dritt..

31.01.14 17:42:52: Betty: Ich kenne ihn noch nicht lange genug, aber er weiß, was ich schon so getrieben habe...

31.01.14 17:43:13: Betty: Vielleicht ergibt sich mal dieses Thema

31.01.14 17:42:09: Joe: Kannst ja mal vorfühlen ... Ich bin gern dabei...

01.02.14 09:05:56: Betty: Es ist schwierig... Aber zu zweit mit ihm sehr schön

01.02.14 09:28:27: Joe: Da hast du Recht. Zu zweit ist es

immer wieder toll und kann sehr befriedigend sein...wo liegt denn die Schwierigkeit...mit ihm darüber zu reden?

01.02.14 09:31:34: Joe: Oder sagt er auch, dass er nicht teilen kann/ nicht teilen will ? So wie Karla meinerseits ?

01.02.14 09:43:39: Betty: Er reagiert noch sehr zögerlich... Ich warte ab.

01.02.14 09:51:48: Joe: Ja richtig so. Und genieß es mit ihm. Ich bekomme heute Nachmittag sexy Besuch von Maria...

01.02.14 10:04:23: Betty: Rrrrrr.... Viel Spaß

01.02.14 10:04:48: Joe: Danke Kleines. Du weißt ja, dass es mit mir viel Vergnügen macht.

01.02.14 10:08:53: Joe: Maria und ich genießen es auch... nun schon seit einem Jahr ziemlich regelmäßig zum Kaffee.

01.02.14 14:22:27: Betty: rrrr

...XX...XX...XX...

01.02.14 15:25:33: Joe: Oh ja. Jetzt bin ich super entspannt...

01.02.14 17:32:03: Betty: Du siehst unverschämt entspannt aus...postkoital gut aus

01.02.14 23:45:20: Joe: Oh ja , denn der Koitus war intensiv und ausdauernd bis wir lustvoll ineinander verströmt sind, dass es nur so spritzte.

...

04.02.14 15:07:48: Betty: Joe.... Tango fällt heute aus....

04.02.14 15:08:26: Joe: Ja wegen der Ferien...nicht desto

trotz könnten wir bei mir ein Tänzchen wagen...lächel

04.02.14 15:09:30: Joe: Magst Du?

04.02.14 15:16:29: Betty: Ne, hab Frühdienst morgen...
Kommt mir gelegen, dass es ausfällt...

Obwohl gerade mein Fötzchen pocht...

04.02.14 15:16:07: Joe: Oh ja... Dann komm doch jetzt
vorbei...ich bin zuhause

04.02.14 15:19:13: Betty: Ne, die Kinder haben Ferien und wir
sind auf dem Sprung... Einkaufen

04.02.14 15:18:53: Joe: Kein Problem...dann ein anderes Mal
Kleines

...

11.02.14 17:56:56: Joe: Hallo Kleines...freue mich auf
Dich...lass uns Tango tanzen

11.02.14 17:59:53: Betty: Ich mich auch...Bis gleich....

...

28.02.14 09:48:30: Joe: Wenn Du Lust und Zeit hast....heute
19 Uhr Polytreffen...

28.02.14 09:54:47: Betty: Menno, sag das doch nicht immer
so spät

28.02.14 10:01:07: Joe: Verzeih Kleines....also Polytreffen
immer am letzten Fr. im Monat...

28.02.14 10:19:29: Betty: Gut zu wissen...lach

28.02.14 10:23:28: Joe: Ich werde heute mal wieder

hinfahren

...

03.04.14 16:11:43: Joe: Hast Du Lust die gestern gelieferte Hunderterpackung auf mir abzureiten?

03.04.14 16:12:26: Betty: Gerade habe ich es mir selbst gemacht ...rrr

03.04.14 16:13:08: Joe: Auch eine Möglichkeit ...lach

03.04.14 16:14:32: Joe: Ich habe es geliebt von Dir ausgequetscht zu werden...

...

22.05.14 05:39:42: Betty: Hallo Joe, hast du Lust am Sonntag ein paar Tango-Runden zu drehen...ich würde mich freuen ...

22.05.14 14:33:35: Joe: Kann ich nicht versprechen...bekomme Besuch zum Kaffee...lächel

22.05.14 17:53:54: Betty: Na ja, bringst sie eben mit....grins

22.05.14 19:34:42: Joe: Nun wir wollten zunächst mal ausgiebig Kaffee trinken ....lach

22.05.14 20:31:48: Betty: Grins...

...

28.05.14 11:16:54: Joe: Hallo Betty...ich hoffe Du hattest gestern anregende Tänze...mein Date war auch sehr vielversprechend ...

28.05.14 11:22:16: Joe: Eine Frau die einfach nur gut gevögelt werden will...ich hoffe doch...du bist da gut versorgt

Kleines...fühlst Dich nicht untervögelt ...bin gerade auf dem
Weg nach Hamburg...in Tagträumen versunken...Du tauchst
immer wieder darinnen auf...

31.05.14 09:58:13: Betty: Was machst du denn in Hamburg ?

31.05.14 09:59:08: Betty: Ich wünsche dir schöne heiße
Dates...Ich für meinen Teil habe mich erst mal wieder der
Monogamie verschrieben...

31.05.14 12:17:38: Joe: Ich habe da eine Frau kennen gelernt
...da könnte ich auch glatt wieder monogam werden...aber
dafür kenne ich mich viel zu gut...ich brauche einfach dieses
Prickeln der ersten Begegnung ...besonders auch der
sexuellen Art...und daher genieße ich die Vielfalt der Dates,
die ich gerade habe...noch haben werde...das ist einfach nur
ein geiles Gefühl der Lust.

31.05.14 12:26:02: Betty: Verstehe, weiß sie es oder tust du
es einfach

31.05.14 12:29:07: Joe: Ich tue es nach wie vor einfach...

01.06.14 14:36:05: Joe: Bisher fahre ich mit dieser
verschlossenen Vorgehensweise am besten...es ist sehr viel
dran an dem Sprichwort...Was ich nicht weiß...denn da wo ich
offen vorging habe ich die Damen meist sehr schnell wieder
verloren...was für beide Seiten schade war...besonders, wenn
es bis zum Outing hervorragend gelaufen ist...Dir einen
schönen Sonntag.

...

...

...

...

Joe: Voller Vergnügen habe ich

Betty in Unbefriedigt

und

Carla in Ungeschminkt

zu Wort kommen lassen.

...

Maria in...

wird nun die Nächste sein.

Euer Ja Saf